정선

정선

최은미 글 × 최지욱 그림

미메시스

차례

사람이 오래 산 집에서는 소리가 난다고 했다. 그 집에서 얼마나 많은 사람이 얼마나 오랫동안 살아왔는지는 모르지만 내가 그 집에서 태어난 건 분명했다. 적어도 열다섯 살까지는 살았던 집이었다. 그 집이 사라지던 광경은 티브이로 생중계되었다. 중부 내륙 지방에 기록적인 태풍이 왔던 해, 나는 뉴스에서 어떤 집 지붕이 비바람에 뜯겨 나가는 장면을 보았다. 집을 둘러싸고 있던 키 큰 옥수숫대가 한 방향으로 쓰러지는 것과 비닐을 뒤집어쓴 사람들이 팔을 휘저으며 마당을 뛰어다니는 모습이 어두운데도 그대로 보였다. 어딘가에서 날아온 방수포가 함석지붕 아래의 기둥을 휘감고 펄럭거렸다. 가축들의 울음소리가 들렸고, 둥근 등 하나가 대문에 부딪치며 떨어져 내렸다. 태풍이 찾아올 때마다 뉴스에서는 그 장면을 자료 화면으로 내보냈다. 덕분에 나는 매해 여름, 태풍에 날아가고 있는 우리 집을 볼 수 있었다.

때때로 위성 지도를 열어 우리 집이 있던 곳을 내려다보았다. 불을 피운 자리가 없으면 집터가 아니라고 했다. 아무리 들여다봐도 내가 머문 흔적은 보이지 않았다. 떠오르는 것은 한 여자의 얼굴 위에서 움직이던 그림자들뿐이었다. 가장 먼저 떠오른 것은 여자의 코 그림자였다. 코가 그리 높은 편이 아닌데도 그림자는 인중을 지나 윗입술 가까이 닿아 있었다. 빛 때문이었겠지만 인중이 길지 않은 탓도 있는 듯했다. 여자는 코의 길이에 비해 코끝에서 턱끝까지의 길이가 짧은 편이었다. 있는 것도 같고 없는 것도 같은 광대뼈가 콧방울 양쪽 끝에서부터 사선으로 넓게 퍼져 있었지만 이마가 좁지 않아서 전형적인 마름모형 얼굴이라곤 할 수 없었다. 턱이 짧아도 뾰족하진 않아 역삼각형 얼굴이라고도 할 수 없었다. 길고 갸름하기보단 넓고

편평해 보이는 얼굴이었다. 웃거나 울거나 말을 해서 뺨을 움직여야 조금이라도 입체감이 생길 듯한 얼굴이었다.

방영 중인 티브이 드라마 조연 중에서 이런 식으로 생긴 사람을 본 적이 있다. SNS에 뜨는 수많은 얼굴 중에도 이런 식으로 생긴 사람이 있었다. 이런 식이 어떤 식이냐고 묻는다면 딱 떨어지게 말할 순 없지만 어쨌든 그런 식의 얼굴.

지금 살고 있는 동네에는 철도 기지창을 끼고 있는 중간 규모의 철도역이 있었다. 고속 철도 운행 횟수가 늘어나면서 동네에는 오가는 사람들이 늘고 맛집과 카페가 생겼다. 역사 안팎에 세워진 대형 게시판에는 아름다운 자연경관과 특산물, 지자체 행사 등을 담은 홍보물이 계절을 달리하며 채워졌다.

나는 고속철도로 출퇴근을 하지도 않았고 테마 열차를 타고 여행을 가지도 않았지만 하루에 한 번 이상은 역에 들르거나 역 앞을 지나 산책을 했다. 밥을 먹으러 갈 때도 있었다. 역사 앞에 서 있으면 사람들이 다가와 김밥집이 어디냐고 물었다. 그들은 맡겨 놓은 물건을 찾기라도 하듯 당당하고 자연스럽게 굴었다. 김밥집이 어디냐고 물어도 될 것 같은, 어쩌면 나는 그런 식의 얼굴인지도 몰랐다.

그날은 말복이기도 했고 입추이기도 했다. 입추라고 했지만 팔월 초였고 여름의 한복판이었다. 오후 내내 바람이 불고 비가 내렸다. 비가 그친 뒤 역으로 나가다가 허공에 뜬 쌍무지개를 보았다. 간격을 두고 겹으로 뜬 무지개는 막 저녁이 오는 하늘에 굵은 반원형 테를 만들고 있었다. 구름이 지나가면서 무지개가 만든 선을 드문드문 지웠다. 바깥쪽 무지개가 서서히 흐릿해지는 것을 보면서 나는 역으로 걸어갔다. 역사 안으로 들어가기 전에 뒤를 돌아보았을 때는 쌍무지개가 사라지고 없었다. 헛것이었나 싶어 잠시 그 자리에 서 있었다. 안으로 들어가 어묵 꼬치 두 개를 먹었다. 종이컵에 어묵 국물을 따라 마시다가 입천장을 데였고, 나도 모르게 욕을 내뱉던 순간에 그 글자를 보았다.

멀리서도 눈에 띄는 선명한 글자였다. 나는 뜨거운 종이컵을 그대로 든 채 대형 게시판 앞으로 다가갔다.

정선이를 찾습니다

문구는 그렇게 시작됐다. 누군가를 외쳐 부르는 듯한 느낌의 서체로 그 아래에 이렇게 쓰여 있는 것이 보였다.

보고싶다 정선아!

나는 두 문장 사이에 놓인 글을 읽어 나갔다. 휴대폰에서 알림음이 연이어 울렸다. 홍보물 하단에는 안내소 전화번호가 있었다. 나는 안내소로 전화를 걸어 정말이냐고 물었다. 안내소에서는 그렇다고 대답했다. 거듭 묻자 거듭 그렇다는 대답이 돌아왔다.

*

「정선인가?」

여든은 되어 보였다. 열차가 아직 평지를 지나고 있는데도 맞은편 여자는 불안해하며 정선인지 아닌지를 자주 확인했다.

「아직 멀었는데요.」

푸른 셔츠를 입은 코레일 직원이 좌석 좌우를 살피며 지나갔다. 여자가 반응이 없어 나는 목소리를 낮추고 다시 말했다.

「사실…… 저 정선이 맞아요.」

「…….」

「김정선. 할머니는 무슨 정선이세요?」

「정선이라고?」

「네.」

「그럼 내려야겠네.」

코레일 직원이 햇빛 가리개를 들고 다시 이쪽으로 다가왔다. 나는 일어서려는 여자를 앉힌 뒤 몸을 낮췄다.

「거짓말이에요, 할머니.」

「…….」

「저 정선이 아니에요. 돈 다 내고 탔어요.」

여자는 안심하는 표정으로 등을 기대더니 곧 졸기 시작했다. 열차는 총 네 칸이었고 드문드문 빈 좌석이 보였다. 4호차의 맨 끝은 전망칸이었다. 넓게 이어지던 논이 사라지고 멀리에서 완만하게 따라오던 산들도 점점 가까이 좁혀져 왔다. 열차는 머지않아 고도가 높은 산간 지역으로 들어설 것이었다.

대형 게시판에 쓰인 〈정선이를 찾습니다〉라는 말은 쌍무지개보다도 비현실적으로 다가왔다. 너무 자주 생각해 잘못 본 것이라 생각했다. 단체 채팅방과 SNS에 쌍무지개 사진이 연이어 올라오지 않았다면 나는 정선이를 찾으러 간다는 이 열차를 타지 않았을 것이다. 그걸 본 사람이 이 세상에 나 혼자는 아니라는 것, 나는 그것만 생각했다.

학생인 듯한 이십대 초반의 여자들이 한 무리 보였다. 중년 커플도 있었고 어린아이를 안고 온 젊은 부부도 있었다. 엄마와 함께 온 남자아이, 커플티를 입은 연인, 등산복을 입은 중년 여자들 무리도 보였다. 실명이 〈정선〉이인 사람이 탑승 신청을 하면 정선이 한 명 당 일행 세 명까지 무료 승차라고 했다. 정선이와 일행들은 정선에서 2박을 한 뒤 마지막 날 아라리촌에서 열리는 정선이 선발 대회에 참여할 수 있었다. 하지만 이 무리들 중에 누가 정선이이고 누가 정선이의 일행인지 구분할 방법은 없었다. 행사와 상관없이 하루 일정으로 여행하는 사람도 있을 것이고 단순한 교통편으로 이 열차를 탄 사람도 있을 것이다.

이동 중에도 소소한 행사가 열리는지 카페 칸에서 음악 소리와 박수 소리가 들려왔다. 정선이인지 아닌지 알 수 없는 사람들이 깔깔거리며 통로를 지날 때마다 나는 그들의 뒷모습을 좇았다. 열차는 긴 터널을 여러 번 지났고 그러는 동안 음악 소리도 박수 소리도 조용해졌다. 맞은편 할머니가 잠에서 깨기 전에 나는 카페칸으로 이동했다. 열 살이 안 돼 보이는 남자아이와 아이의 엄마로 보이는 여자가 중앙 테이블에 앉아 있었다. 둘 중에 정선이는 누구일까? 선글라스를 낀 중년 커플이 나란히 앉아 서로의 허리께를 쓰는 것이 보였다. 변성기가 온 남자애들 몇이 공룡 소리를 내면서 뛰어 지나갔다. 열차가 곧 똬리 터널을 지난다는 안내 방송이 나왔다. 열차가 산 하나를 둥글게 휘감으며 올라서는 동안 높이만 달라진 같은 풍경이 펼쳐졌다. 귀가 먹먹해졌다. 나는 침을 삼키며 자리에서 일어섰다.

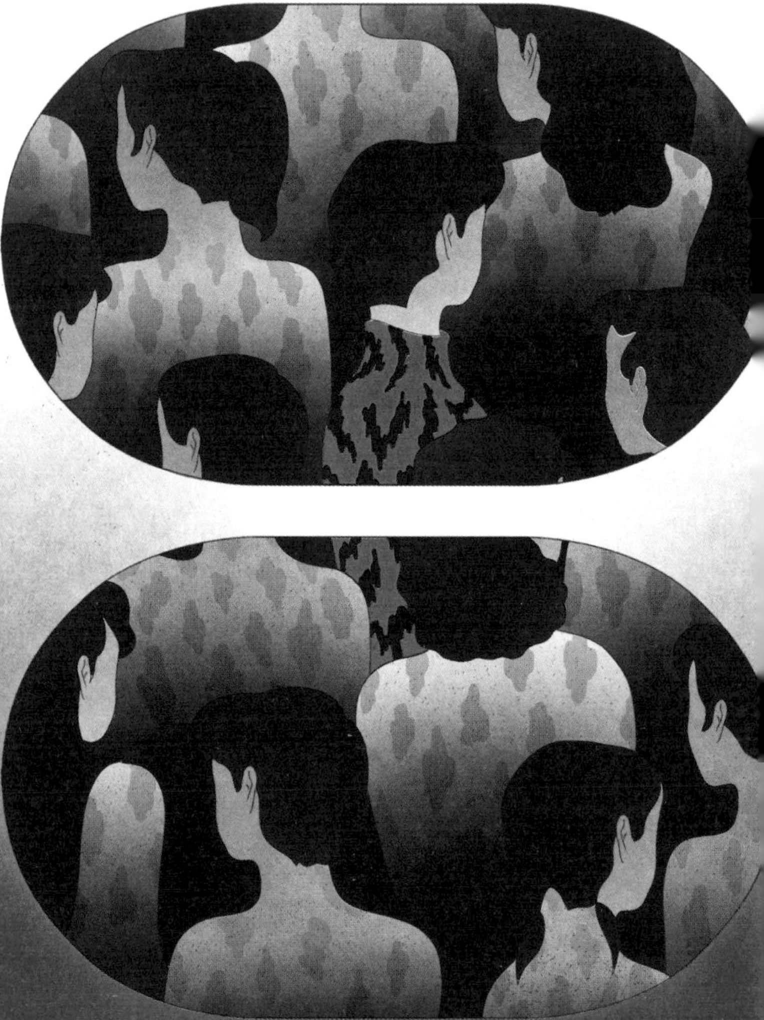

4호차 끝에서부터 천천히 사람들 얼굴을 훑어 갈 생각이었다. 하지만 아이 손을 잡고 있는 젊은 여자의 얼굴을 봐야 할지, 등산복을 입은 오십 대 여자를 찾아야 할지 알 수 없었다. 그림자가 아니었다면 여자의 표정을 읽기가 좀 더 쉬웠을까. 여자의 얼굴은 코 그림자 밑으로 입술 그림자도 짙었다. 사선으로 흘러내린 앞머리가 오른쪽 이마와 눈에도 머리카락 그림자를 만들었다. 눈두덩도 뺨 아래도 다 거뭇했다. 편평한 얼굴인데도 그림자가 짙고 깊은 걸 보면 여자는 빛 가까이에 있는 것 같았다. 하지만 그게 태양빛이나 형광등 빛의 느낌은 아니었다.

열차가 터널로 들어서면 객차 안은 한밤중의 실내 같아졌다. 창문을 보면 정선이를 찾고 있는 내 얼굴이 보였다. 열차가 터널을 빠져나가면 험한 산이 바투 다가섰다. 열차는 이제 1천 미터 산 위를 달리고 있었다. 창밖으로 백두대간 협곡이 까마득히 내려다보였다. 아무것도 닿지 못할 것처럼 깊게 팬 골짜기였고 모든 것을 떨어뜨릴 것 같은 낭떠러지였다. 내가 태어나기 전, 정선으로 가던 누군가도 덜컹대는 철도를 따라 이 협곡 위를 지났을 것이다.

귀가 먹먹해지면 침을 삼켰을 것이고 창밖이 깜깜해지면 눈을 감았을 것이다.

승객들 일부가 정선 역과 나전 역에서 내렸다. 정선이냐고 묻던 맞은편 여자도 이미 내렸는지 보이지 않았다. 나는 행사에 참여한 정선이들과 함께 아우라지 역에서 내렸다. 정선이들은 〈정선이를 찾습니다〉라고 쓰인 깃발 아래에 모였다가 단체로 여행사 버스에 올랐다. 나는 익숙한 지형을 따라 홀로 마을 안으로 걸어 들어갔다. 그곳은 강원도 정선군 여량면 여량리, 태풍에 날아간 우리 집이 있던 곳이었다.

*

위성 지도 프로그램을 열면 까만 우주에 푸른 공이 보인다. 내가 태어나고 자랐지만 떠나온 뒤로는 한 번도 가보지 않았던 곳. 어느 해의 태풍에 날아가 버리고 지금은 무엇이 남아 있는지조차 알 수 없는 곳. 나는 프로그램의 검색창에 그 집 주소를 친다. 좌표를 찾은 위성 카메라는 금세 지구의 어느 한 점을 확대해 내려가기 시작한다. 카메라는 노란 선으로 반짝이는 땅 위의 경계선들을 지나고, 푸른색 바다를 저 멀리 젖힌 뒤, 험한 산들만 내려다보이는 곳으로 좁혀져 들어간다. 산 사이로 길게 굽은 강이 잡히고, 그 언저리로 손금의 일부 같은 도로와 작은 마을이 내려다보인다. 나는 우리 집 지붕을 찾을 수가 없다. 누군가가 불을 피워 매일 같이 밥을 끓이던 곳. 내가 숟가락을 캤던 자리. 얼굴이 복원될 운명에 처한 누군가의 유골이 있을지도 모르고, 내가 잃어버린 초상화 수첩이 묻혔을지도 모르는 곳. 위성 카메라는 더는 기다리지 않고 그곳에서 멀어져 다시 위로 올라간다. 우리 집 터는 금세 험한 산줄기 속에 파묻히고, 땅의 경계선들과 바다로 멀어지다가 탁구공만 한 지구가 된다.

여량4길.

전봇대에 화살표처럼 붙어 있는 것은 도로명이 쓰인 파란색 표지판이었다. 길 양옆으로 이어진 옥수수 밭을 따라 한참을 걷자 도라지 꽃과 잡풀이 우거진 공터가 나타났다. 공터가 끝나는 곳에 벽색이 바랜 펜션이 한 채 있었다. 사람 손을 안 탄 것 같은 공터와 다르게 펜션 뜰에는 짧은

잔디가 촘촘히 깔려 있었다. 백일홍이나 봉숭아 같은 여름 꽃들도 자라고 있었다. 펜션 정문에서 10시 방향으로 줄기가 굵은 자귀나무 한 그루가 보였다. 자귀나무 옆에는 당간처럼 길게 솟은 철대에 줄이 어마어마하게 긴 그네가 달려 있었다. 형제로 보이는 남자아이 둘이 그네에 매달려 돋움을 하려고 애쓰는 게 보였다. 아이들은 내가 그네를 밀어 줄 거라고 생각했는지 이쪽을 힐끔대면서 더 과장되게 낑낑댔다. 나는 아이들을 못 본 척 지나쳐 공터 한쪽에 놓인 벤치에 가 앉았다. 자귀나무만은 예전 그대로였다. 나무를 알아보자 옛날 집터와 집 주위에 있던 사물들의 위치가 금세 가늠이 되었다.

아이들은 그네 타기를 포기하고 내가 세워 놓은 캐리어 주위로 다가왔다. 펜션 주인집 아이들인 듯했다. 나는 아이들이 비워 놓은 그네로 얼른 걸어가 앉았다. 뒤로 그네를 한껏 끈 뒤 발을 띄우자 그네가 미끄러지듯이 내려가다 다시 위로 솟아올랐다.

「우와아아아아. 이거 완전 재밌다. 나 이런 그네 처음 타봐!」

나는 놀이 기구를 탈 때처럼 소리를 질렀다. 동네 놀이터에 있는 그네와는 차원이 달랐다. 부드러운 깃털을 타고 한없이 미끄러지다 떠오르는 느낌이었다. 줄이 긴 그네가 이렇게 황홀하다는 걸 이제야 안 게 억울할 정도였다. 나는 아이들한테 손을 흔들었다.

「야, 와서 그네 좀 밀어 줄래? 나도 너네 밀어 줄게.」

그러나 아이들은 멀찍이 서서 나를 쳐다보기만 했다. 나는 그네에서 내려 아이들한테 걸어갔다.

「여기 원래 우리 집이었는데.」

그렇게 말하자 형으로 보이는 아이가 결투라도 하겠다는 표정으로 나뭇가지를 치켜들었다.

「저기 니네 엄마가 백일홍 심어 놓은 곳 있잖아. 거기에 무덤 있었어. 우리 아빠네 할머니 무덤이었는데. 니네 엄마는 그거 알고 땅 미셨니? 무덤 잘못 건드리면 우환 생기는데.」

「우환이 뭐예요?」

「좋은 건 아니야. 우리 아빠 할머니는 엄청 무서운 귀신이야. 처녀 귀신보다 더 무서운 게 할머니 귀신인 건 알고 있지? 사실 내가 고1 때 가출하고 나서 여기 처음 오는 건데 말이야, 할머니 귀신이 자꾸 나타나서 가출한 거거든.」

작은 아이가 소변을 본 것처럼 몸을 털며 무서운 티를 냈다.

「하하, 너 완전 귀엽다.」

귀여워서 머리를 헝클어 주었을 뿐인데 아이가 휘청하더니 엉덩방아를 찧었다. 주인 여자가 다가와 있었다. 펜션 예약 번호를 내밀자 여자는 그제야 표정을 풀며 티 나지 않게 내 행색을 살폈다. 손님한테 장난치면 안 된다며 아이들에게 선을 긋기도 했다. 형인 아이가 나를 더 살펴보고 싶은지 눈에 힘을 주다가 엄마한테 이끌려 들어갔다.

2층에 짐을 풀고 창문을 열자 공터와 펜션 뜰, 자귀나무와 그네가 한눈에 내려다보였다. 내 기억이 맞는다면 공터와 펜션 뜰은 다 옥수수 밭이던 곳이었다. 자귀나무 옆, 지금은 그네가 있는 자리가 집 대문이 있던 곳이었고 백일홍 화단 쪽의 공터 부근이 내가 숟가락을 캔 곳이었다.

여름은 하루가 너무 길었다. 같이 놀 형제자매도 없었고 단짝 친구도 없었다. 곤충들 몸을 절단하며 놀다 토할 것 같으면 옥수수 밭에 들어갔다. 키 큰 옥수수수수염을 하나하나 땋으며 밭을 누비다 보면 마음이 진정되면서 한나절이 금세 갔다. 무슨 계기로 땅속에 관심을 갖기 시작했는지는 기억나지 않지만 나는 어느 순간부터 땅을 파면서 놀았다. 땅속엔 생각보다 재미있는 것이 많다는 것, 곡식이든 벌레든 돌멩이든 땅을 파면 무엇이 나와도 나온다는 걸 어쩌다 알게 되었던 것이다.

밭 한가운데에서 나온 것은 감자도 당근도 아니고 숟가락이었다. 가운데가 오목하게 들어간 타원 부분은 밥을 뜨는 곳이라고밖에는 볼 수 없었다. 거기에 붙어 있는 길고 가느다란 막대는 손잡이였다. 누가 봐도 그것은 숟가락이었지만 내가 쓰고 있던 숟가락과는 달랐다. 국자까지는 아니어도 무척 컸고, 냄새도 재질도 이상했다. 엄마한테 물었더니 할머니가 쓰시던 거겠지, 했다. 할머니한테 물었더니 니 애비의 할머니가 쓰시던 거겠지, 했다. 집에는 그런 물건들이 더러 있었다. 여러 대의 할머니들이 써왔다는 자개장이나 장독 같은 것. 어린 가축들의 어미의 어미 때부터 써왔다는 휘어진 기구들.

엄마는 대문 앞 자귀나무의 가지와 가지 사이에 철사 줄을 연결해 지등을 걸어 놓았다. 인근 절에 가서 만들어 온 연꽃 등일 때도 있었고 내가 아무 그림이나 그려 넣은 둥근 등일 때도 있었다. 겉면을 쓸면 등의 모양을 잡고 있는 철사 줄들이 얇은 종이 아래에서 오돌오돌 도드라졌다. 지등은 늦은 밤까지 텃밭과 집 앞 길목을 비추는 가로등이 되기도 했고, 더 이상 터뜨릴 도라지 꽃망울이 없을 때 내가 몰래 구멍을 뚫어 놓을 수 있는 놀잇감이 되기도 했다. 매일같이 먹던 산간 지대의 쓴 나물들. 할머니와 엄마가 밤을 새워 가며 엿을 고던 냄새. 국수틀 아래로 뚝뚝 끊어져 떨어지던 올챙이국수와 그날 밤 할머니가 나를 달래려고 주었던 계피 맛 사탕의 뒷맛 같은 것들이, 지등 빛 아래에는 다 고여 있었을 것이다.

저녁을 하는지 아래층에서 된장찌개 냄새가 올라왔다. 짐도 풀지 않고 나는 면내로 나갔다. 동창이 하고 있는 과일 가게는 좌판 입구에서부터 무른 여름 과일 냄새가 났

다. 들던 것과 달리 규모가 큰 가게는 아니었다. 동창은 내 이름이 정숙이었는지 선정이었는지 진선이었는지 기억하지 못했다. 친했던 사이는 아니었다. 같은 독서실에 다녔었고, 동창이 포함된 패거리가 독서실 옥상에서 누구를 팼다더라 하는 이야기를 종종 들은 기억이 있었다. 동창은 아직도 이십 대 같았다. 민소매 밖으로 드러난 팔에 꽤 탄탄한 근육이 있었고 몸도 날렵해 보였다. 팔을 움직일 때마다 겨드랑이 사이로 젖은 털 뭉치가 보였다.

「결혼은 안 했나 봐?」

나는 좌판에 있는 수박을 하나하나 두드렸다. 그러는 동안 동창이 결혼을 전제로 만나는 여자가 있다는 것과 아버지의 과수원을 물려받은 형한테 감정이 그다지 좋지 않다는 것을 알아낼 수 있었다. 나는 제일 큰 수박을 골랐다.

「이거 이따 밤에 우리 집으로 좀 배달해 줄래?」

「니네 집?」

동창이 되물었다. 어감으로 보아 내 일가족이 지금은 이 동네에 없다는 걸 동창은 알고 있는 듯했다. 친하지도 않고 왕래도 없었는데 그걸 알고 있다는 건 동창도 우리 집에 관한 소문을 들었다는 뜻이었다.

「모르길 바랐는데.」

「응?」

「아니야. 아 사실, 나 여랑초 부근에 방을 하나 구했거든. 보증금 2백에 월 20만 원. 가격 괜찮은 거야? 나 9월부터 여랑초등학교에 기간제 영양 교사로 가게 됐어. 학교에서 일하는 건 오랜만이라 엄청 떨리는 거 있지. 얼마 전까진 철도청 소속으로 일했었거든.」

나는 동창에게 내 휴대폰 번호를 찍어 주었다. 학교에서 일한다는 말에 동창은 처음보다 훨씬 호의적인 표정이 되더니 비타민 음료를 따서 건넸다.

「니가 과일 가게를 하고 있을 줄은 몰랐다. 너 그거 알아? 나 원래 이상형이 과일 가게 하는 남자였는데.」

그렇게 말하고 나서 나는 조금 키득댔다. 물을 마시던 동창은 콧구멍이 조금 커지더니 컵 너머로 내 얼굴을 한번 훑고는 물을 마저 삼켰다. 땀에 젖은 목울대가 크게 한 번 솟았다 가라앉았다.

「우리 중3 때 같은 반이었잖아. 난 사실 그때 니가 날라리가 될 줄 알았어.」

그 말에 동창은 큰 소리로 웃음을 터뜨리더니 말했다.

「너 몰랐냐? 나 계속 날라리였어.」

동창과 나는 눈물이 나올 정도로 한참을 웃었다. 마주 보고 한바탕 웃고 나자 입에 쓴 침이 고였다.

「썩기 직전이라 팔기엔 좀 그런데, 가져갈래? 먹는 덴 상관없어.」

그러면서 동창은 까만 봉지에 복숭아와 자두를 담아 주었다.

「고맙다 야. 이런 걸 다 주고. 참, 수박은 저쪽에 늘푸른펜션 알지? 거기로 갖다 줘. 월세 들어가기 전까지 시간이 좀 비어서 거기서 며칠 묵기로 했거든.」

그날 밤 동창은 자귀나무와 그네가 내려다보이는 늘푸른펜션 2층에서 한 시간 가량 머물다 갔다.

*

아이들은 아침잠이 없는지 이른 아침부터 기합 소리를 내면서 뛰어다녔다. 동창한테서 산 수박은 8등분을 해

냉장고에 넣어 두었다. 일어나자마자 그중 하나를 꺼내 일정한 간격으로 썰어 먹었다. 밥은 먹지 않았다. 썩기 직전의 과일도 먹지 않았다. 동창이 까만 봉지에 담아 준 복숭아와 자두는 실온에서 하룻밤이 지나자 들큼한 냄새를 풍겼다. 손으로 살짝만 쥐어도 물크러질 것 같은 상태였다. 그런 상태에 있는 것들에선 무언가 사람을 미치게 하는 냄새가 났다. 자귀 꽃에서도 그런 종류의 냄새가 났다. 달콤하면서 메슥거리고, 설레면서도 허전한 냄새. 누군가를 만나게 될 것 같은 냄새. 금세 망가질 것 같은 냄새. 어쩌면 여름 냄새가 대체로 그런 건지도 몰랐다.

주인 여자가 챙 모자에 토시를 끼고 밭으로 나가는 것이 보였다. 〈정선이를 찾습니다〉 행사에 참여한 정선이들이 본격적으로 정선 투어를 시작했을 시간이었다. 첫날 밤은 카지노에 있었을 테니 느지막이 일어나 곤드레 밥으로 점심을 먹고, 레일 바이크를 타고 철길을 달린 뒤 아우라지를 건너갔다 올 것이다. 동굴이나 동강의 비경을 보고 나서 시간이 남으면 유명 배우가 결혼식을 올렸다는 밀밭을 거닐지도 몰랐다. 아마도 늦은 오후엔 정선 오일장에 들러 장터 구경을 한 뒤 먹거리 골목으로 들어가 국수와 막걸리를 먹을 것이다.

나는 화단 옆에 있는 삽을 하나 챙겨 들고 공터로 나갔다. 순가락을 캤던 곳을 어림짐작으로 찾아보며 땅을 찔러 보고 있는데 형인 아이가 다가와 땅을 파면 안 된다고 잔소리를 했다. 무시하고 계속 팠더니 아이가 공터 끝에 있는 팻말을 가리켰다. 나는 아이를 따라 팻말 앞으로 갔다.

본 구역은 매장 문화재가 출토되는 곳으로 형질 변경, 수목 훼손 등 어떠한 행위도 할 수 없으며, 이를 위반할 경우 관련 법에 의하여 처벌받을 수 있음을 알려 드립니다.

왜 공터로 남아 있었는지 그제야 이유를 알 것 같았다. 야영장이나 캠핑장을 만들려고 공사를 하다가 무언가가 출토되어 묶인 땅인 듯했다. 그렇다면 내가 캤던 숟가락은 내 상상 속에서만이 아니라 실제로 아주 오래된 숟가락일 수도 있었다.

이곳이 계속 우리 집 옥수수 밭이었다면. 나는 삽을 아이한테 주고 공터를 걸어 나왔다. 그랬다면 이 밑에 있는 매장 문화재의 정체는 오직 나만 알았을 것이다. 숟가락을 한 열 개쯤 캐고 밥그릇도 캐고 무기까지 캤다면 나는 정선에서 제일가는 갑부가 되었을 수도 있었다. 오래된 것은 무조건 후하게 쳐야 안심이 되는 인간들이 내가 캔 물건을 보며 감탄을 하는 꼴을 볼 수도 있었을 것이다.

나는 품에서 숟가락을 꺼냈다. 청동인지 놋쇠인지 알아보려고 손잡이 끝을 갉기 시작한 것이 이젠 제법 뾰족해져 쓸모가 많았다. 땅을 파보고 싶은데 마땅한 도구가 없으면 숟가락을 거꾸로 들고 파기도 했다. 그러나 아직 밥을 먹는 용도로는 써본 적이 없었다. 나는 내 보물 1호인 숟가락을 손에 꼭 쥐고 정선 들길을 걸었다. 옥수수 밭 너머로 깨꽃이 하얗게 피어 있었다. 고추밭에도 콩밭에도 열매 위로 흰 꽃이 피어나 있었다. 어디를 봐도 여름이었다. 그리고 어디를 봐도 정선이라는 이름이 보였다. 차도가 있는 곳으로 내려서자 버스 정류장에 〈보고싶다 정선아〉라고 쓰인 것이 보였다. 시내버스도 긴 차체에 〈보고싶다 정선아〉라는 말을 붙이고 달려갔다. 식당 물티슈에도, 특산품을 담는 종이 가방에도, 마을 회관 창문에도 같은 말이 붙어 있었다. 그 말을 만들고 나서 관광객이 늘었다는 정선 여행 홍보 슬로건이었다. 나는 정류장에 붙어 있던 〈보고싶다 정선아〉를 떼서 주머니에 넣었다.

한 시간에 한 번 꼴로 자전거에 과일을 싣고 가는 동창이 보였다. 동창은 밀짚모자를 쓰고 자전거 페달을 천천히 돌리며 저만치에서 느린 속도로 지나갔다. 과일 상자를 싣고 마을 길을 달려가는 남자의 모습은 나를 쓸쓸하게 했다. 어렸을 때 내 꿈은 과일 가게 남자와 결혼을 하는 것이었다. 그 말은 거짓말이 아니었다. 과일을 지키며 사는 남자. 과일을 두드리며 속을 살피는 남자. 상해 가는 과일을 보며 속상해할 수 있는 남자. 그런 남자의 아이를 낳아 내가 발굴한 숟가락으로 이 세상의 밥을 떠먹여 주고 싶었다.

저녁 무렵이 되어도 해는 뜨거웠다. 동창은 과일 배달이 끝났는지 자전거가 아니라 오토바이를 끌고 왔다. 나는 동창의 오토바이에 올라 정선읍으로 갔다. 장이 서는 날이라 장꾼도 관광객도 많았다. 약초와 나물 가게를 지나니

〈저잣거리〉라고 쓰인 초가지붕 식당가가 나타났다. 입구에서부터 소당에 메밀 지지는 냄새가 났다.

예상대로 골목 한쪽에 〈정선이를 찾습니다〉 깃발이 보였다. 정선 아리랑 열차를 같이 타고 왔던 정선이와 일행들이 식당가에 삼삼오오 흩어져 있었다. 나는 동창의 단골집이라는 곳에 따라 들어가 장떡과 메밀 전병과 소주를 시켰다.

어린 아이를 안고 온 젊은 부부가 아이에게 국수를 짧게 끊어 먹여 주는 게 보였다. 이십 대 정선이들은 셀카와 음식 사진을 찍느라 정신이 없었고 중년의 정선이들은 장터에서 사온 건나물들을 꺼내 살펴보고 있었다.

동창은 화장실에 다녀올 때마다 조금씩 의자를 내 쪽으로 당겨 앉았다. 양념장이나 컵을 옮겨 오는 척하며 팔을 스쳐 스킨십을 하기도 했다. 과일 가게에서 볼 때와는 다르게 동창은 눈에 붉은 기가 보였다. 술을 정기적으로 꾸준히 먹는 사람들 특유의 눈빛이었다. 처음엔 식당 집 행주에서 나는 줄 알았던 쉰내도 알고 보니 동창 몸에서 나는 것이었다. 세균이 번식한 티셔츠를 대충 빨아 널었다

입은 모양이었다.

「야, 저 새끼가 자꾸 너 쳐다봐.」

동창이 턱 끝으로 안쪽을 가리켰다. 제일 안쪽 테이블에 여자 둘, 남자 하나가 마주 앉아 국수를 먹고 있었다. 내가 계속 쳐다보자 남자가 고개를 들다 나를 보았을 뿐, 바쁜 일이 있는지 그들은 말없이 국수만 먹었다.

동창의 과장인지 남자가 진짜로 나를 쳐다봤는지는 모르지만 지금 중요한 것은 그게 아니었다. 내 휴대폰은 자주 울렸고, 그때마다 나는 나가서 전화를 받고 들어왔다. 전화가 잦아지자 동창은 초조한지 손바닥을 비볐다. 미안한 마음이 없지 않았지만 할 말은 해야 했다.

「어쩌지. 워낙 목이 좋은 자리라. 아무래도 계약자가 나섰나 봐. 당장 입금하겠다고 대기하고 있다는데, 아쉽지만 어쩔 수 없겠어.」

내 말에 동창의 눈빛이 흔들렸다.

여량초등학교에서 채용 연락만 안 받았어도 내가 계약했을 자리였다. 하루에 몇 만이 오가는 역의 매점 운영권은 신축 아파트 공사장의 함바 운영권을 따는 거 못지않게 경쟁률이 높았다. 철도청 소속 기간제 영양사로 일하면서 코레일 직원들과 알고 지내지 않았다면 내가 절대 알 수 없었을 귀한 정보였다. 수박을 들고 늘푸른펜션으로 와서 이 얘기를 들은 동창은 하루 꼬박 고민을 한 듯했다. 동창은 결혼 날짜를 잡기 전에 무언가 안정적인 기반과 증서를 원했다. 자세한 사정은 알 수 없었지만 아버지와 형에 대한 원망과 피해 의식이 있었고, 결혼할 여자에게 자신의 입지를 최대한 드러내고 싶어 했다.

메밀 총떡은 옛날에 먹던 그 맛이 아니었다. 나는 술 대신 물을 한 모금 들이켰다. 동창은 마지막으로 한 번 더 생각해 볼 시간이 필요한지 담배 한 대를 들고 밖으로 나갔다. 정선이들은 내일 행사가 있을 아라리촌 근처에 숙박을 잡은 듯했다. 주차 시비 때문에 저만치서 두 남자가 멱살을 잡고 있었고 날벌레 몇 마리가 선풍기로 빨려 들어갔다 튕겨 나왔다.

세상에서 제일 쉬운 것이 불안한 사람의 마음을 움직이는 것이었다. 슬프게도 나는 그것을 너무 일찍부터 알았다.

*

아라리촌 매표소 앞에는 도민일보 취재 차량이 서 있었다. 정선군 캐릭터 조끼를 입은 사람들 몇이 행사 준비를 하는지 안과 밖을 오가는 게 보였다. 아침부터 볕이 뜨거웠다. 날이 밝았으니 이대로 정선을 떠나는 게 내게는 안전했다. 하지만 나는 정선이가 보고 싶었다. 다른 건 몰라도 정선이의 얼굴만은 보고 가고 싶었다. 10분 정도 더 주저하다가 나는 아라리촌으로 들어가는 표를 끊었다.

아라리촌은 정선 지방의 전통 민가를 재현해 놓은 곳이었다. 옛집들 몇 채가 오밀조밀 모여 있을 거라고 생각하며 안으로 발을 디딘 순간 나는 멈칫했다. 그곳은 밖과는 다른 주파수대로 움직이는 세상이었다. 빗소리 같은 것이 규칙적으로 머리를 울리며 다가왔다. 주위를 서서히 에워싸며 좁혀져 오던 소리는 갑자기 솟구치며 퍼져나가 그대로 사방을 채워 버렸다. 그치는 순간 그대로 세상이 사라져 버릴 것 같은, 한 치의 틈도 없이 꽉 들어찬 여름 벌레 소리였다. 그제야 우거진 나무들이 눈에 들어왔다. 나무 아래로 돌길이 이어져 있었다. 나는 반대편의 놀이마당 터

와 돌길을 번갈아 바라보았다. 행사 준비가 거의 끝나 가는지 놀이마당 터로 사람들이 조금씩 모여들고 있었다.

나는 소리가 이끄는 대로 나무 아래 돌길로 들어섰다. 길 하나를 돌아갈 때마다 재현된 집들이 하나씩 나타났다. 누리장나무가 있는 곳으로 들어가자 굴피집이 보였다. 붉은 소나무가 서 있는 곳을 돌자 너와집이 나왔고, 목백일홍이 선명히 핀 곳에는 돌집이 있었다. 몇몇 집은 공예 체험 공방으로 활용되고 있었고 몇몇 집은 민박 체험집으로 쓰이고 있었다.

나는 머루포도가 익고 있는 길을 따라 좀 더 들어갔다. 어디선가 많이 맡아 본 냄새가 났다. 냄새를 따라가자 어느 집 담 옆이었다. 분홍 솜털 꽃이 가득 피어 있는 나무가 보였다. 파란 하늘을 배경으로 펼쳐진 솜털들은 금방이라도 날아갈 것처럼 아슬아슬하게 흔들리고 있었다. 자귀꽃이었다. 짚 대신 대마의 줄기로 지붕을 엮은 집이라고 했다. 나는 저릅집이라 쓰인 담 안으로 들어섰다.

바싹 마른 나무 평상 하나가 마당 한가운데에서 햇빛을 받고 있었다. 빗소리 같은 여름 벌레 소리만 들어차 있을 뿐 집은 인적 없이 고요했다. 철 지난 〈입춘대길〉이 붙어 있는 기둥 아래로 봉당의 흙이 곱게 쓸려 있었다. 처음엔 길게 자른 비단 천 조각이 떨어져 있는 거라고 생각했다. 천은 햇빛을 살짝 밀어내면서 스르륵 나아가다가 멈췄다. 바람 때문에 움직인 것이 아니었다. 뱀이었다. 알록달록한 실뱀 한 마리가 빛을 튕겨 내며 부엌문 쪽으로 기어갔다. 무지개 같다, 생각하는 사이 시야가 하얘졌다.

「공예 체험하러 오셨나요?」

한 남자가 방문을 열고 나왔다. 실뱀은 보이지 않았다.

「여기 사세요?」

나는 얼떨결에 그렇게 물었다.

「아니요. 주로 낮에만 있습니다.」

남자는 나를 본 적이 있는 것처럼 친근하게 웃으며 방으로 안내를 했다.

「체험객들을 받기도 하고 개인 작업을 하기도 하고 그렇습니다. 숙박 신청이 없는 날은 종종 자기도 하지만 그것도 겨울에는 못 하고요.」

〈정선군 캐릭터 브랜드화 사업단〉이라 쓰인 포스터가 보였다. 다람쥐와 토끼가 주축이 된 정선군 캐릭터 삽화도 몇 장 보였다. 남자는 좌탁에 앉아 그림을 그리고 있던 듯했다. 무언가 낯익은 것이 어른거리는 듯해 나는 좌탁 앞으로 다가갔다. 종이 위에 그려진 것은 한 여자의 얼굴이었다. 내가 여자의 얼굴을 계속 들여다보고 있자 남자가 둘만의 시간을 주겠다는 듯 차를 가지러 갔다.

「정선인가요?」

그렇게 묻자 남자가 차를 내려놓으며 내 얼굴을 쳐다봤다.

「정선이 같아 보이세요?」

「…….」

「정선군 캐릭터 사업에 참여하고 있긴 하지만, 이건 제가 그냥 개인적으로 그리는 거예요. 인상적이었던 얼굴들을 조금씩 떠올리면서.」

「신기해요. 내가 아는 얼굴 같아요.」

「그런가요? 재미있네요.」

나는 남자가 따라 준 노란 빛깔의 차를 마셨다. 한여

름 한낮에 뜨거운 차를 마시는데도 덥다는 생각이 들지 않았다. 마당 저쪽에서 자귀 꽃 냄새가 조금씩 건너왔다. 방문 너머로 속이 빈 대마 줄기 단이 올려다보였다. 하늘에 구름이 전혀 없어서일까. 시간이 흘러간다는 느낌이 들지 않았다.

「제가 아는 어떤 여자는 이름이 정선이인데 정선 사는 남자랑 결혼을 했어요. 평소에도 그걸 참 재미있어했는데. 이름이 정선이라서 정선 남자를 사랑했나 보다, 하고.」

「재미있네요.」

「정선이가 사랑한 남자의 엄마는 다른 사람들한텐 참 좋은 분이었는데, 정선이한테만 못된 말을 했어요.」

「정선 씨는 슬펐겠네요.」

「…….」

「…….」

「…….」

「어떤 말들이었는데요?」

내가 말을 않고 있자 남자가 심리 상담사 같은 얼굴로 물었다.

「씹 주고 뺨 맞을 년이라고.」

그 말을 내 입으로 직접 내뱉고 나자 복부가 잘게 썰리는 듯했다. 혹시라도 눈물이 고일까 봐 나는 목소리 톤을 높이며 그림으로 시선을 돌렸다.

「눈동자엔 하이라이트를 어떻게 넣으실 거예요?」

「글쎄요. 이 사람이 무엇을 보고 있을까를 생각해 보는 중이에요.」

남자는 마당까지 따라 나와 정선군 캐릭터 중 하나라는 다람쥐 모양의 열쇠고리를 건네주었다.

「초대 감사했어요. 그런데 혹시, 그날 말이에요.」

「그날요?」

「말복과 입추가 같았던 날이요. 그날 쌍무지개를 보셨나요? 오후 5시쯤인가, 하늘에 무지개 두 줄이 떴었거든요. 사람들이 사진도 막 찍어서 올리고 그랬는데.」

「…….」

「못 보셨어요?」

「처음 듣는 얘긴데요.」

남자는 고개인사를 한 뒤 저릅집 안으로 들어갔다. 마

당은 다시 인적 없이 조용해졌다. 평상 옆에 우두커니 서 있는데 잊고 있던 꿈처럼 실뱀 생각이 났다. 나는 이끌리듯 부엌 쪽으로 걸어갔다. 부엌문은 소리 없이 열렸다. 햇빛 속에 있다 들어가자 아무것도 보이지 않았다. 나는 컴컴한 부엌에 서서 사물들이 눈에 익을 때까지 기다렸다.

부엌이 서서히 밝아졌을 때 내 눈에 들어온 것은 부뚜막 한쪽, 가마솥 옆에 두툼하게 솟아 있는 무언가였다. 진흙으로 쌓은 작은 둔덕에 구덩이가 깊게 파여 있었다. 주위로 검은 그을음이 보였고 오래 묵은 화기가 느껴졌다. 처음 보는 것인데도 나는 그곳이 불씨를 묻어 두던 곳임을 저절로 알 수 있었다. 말로만 듣던 화티라는 화덕, 사람이 불을 피운 자리였다. 나는 숟가락을 꺼내 든 채로 오랫동안 화티 옆에 앉아 있었다. 떠나기 전에 한 번만 더 실뱀을 보고 싶었지만 햇빛은 점점 더 먼 쪽으로 기울어 갔다.

숟가락을 품에 안고 저릅집을 돌아 나오면서 생각했다. 우주에서 지구를 바라보던 위성 카메라가 지구의 어느 한 점, 단 하나의 불빛을 발견한다면 그것은 저 화덕이 품고 있던 불씨일지도 모르겠다고. 거기에서 지펴진 게 어떤 종류의 통증인지 알 수가 없어 나는 내가 캔 숟가락을 그곳에 두고 올 수가 없었다.

아라리촌 밖으로 나왔을 때는 어디에서도 벌레 소리가 들리지 않았다. 누군가 뒷덜미를 잡아채며 내 이름을 부르는 소리만 들렸을 뿐이었다.

*

음식물 쓰레기인 것도 같았고 누군가의 토사물인 것도 같았다. 어쩌면 물크러진 과일 위에 내동댕이쳐진 걸지도 몰랐다. 내가 쓰러진 곳은 과일 나무 아래였다. 입안에 고인 피를 시원하게 뱉어 버리고 싶었지만 뱉어지지가 않았다. 널브러진 내 옆구리를 걷어차고 있는 것은 동창의 신발이었다.

「영양 교사? 철도청? 야, 너 사기 전과도 있더라? 와……, 든 척하면서 말을 아주 꼬아 대더니. 아무리 거지같이 살아왔어도 그렇지, 이거 완전 고향 팔아먹을 쌍년이잖아.」

동창은 해를 등지고 서서 나를 내려다봤다. 동창이 어

제 내게 이체한 삼천만 원은 이미 내 계좌에 남아 있지 않았다. 동창이 적어도 하루는 지나서 눈치 챌 거라고 생각했다. 이곳이 정선이 아니었다면 머리도 안 좋고 열등감에 절어 있는 저런 놈 하나쯤은 손쉽게 따돌릴 수 있었을 것이다. 당장은 돈을 받아 낼 수 없다는 걸 알고 나자 동창은 악에 받쳐서 내 배와 옆구리만 차댔다. 이대로 죽을 수도 있겠다는 생각이 들었다.

「야, 니 엄마 얘기 들었거든? 장터식당 주인이 얘기 안 했으면 모를 뻔했어. 너 니네 엄마 얼굴을 빼다 박았다며.」

동창은 이죽대면서 발로 내 몸을 돌려 눕혔다.

「야, 거기도 닮았냐?」

동창이 발끝으로 내 치골을 툭툭 쳤다. 침을 삼키지도 않았는데 귀가 뚫리면서 정신이 번쩍 났다. 동창이 나한테로 몸을 숙여 오는 것 같았다. 감각이 얼얼한 맨살로 소름이 돋아 올랐다. 꿈틀대는 것들은 단번에 내리치지 않으면 내리친 쪽이 괴로웠다. 나는 품속에 있는 숟가락을 거꾸로 쥐었다. 뾰족한 날이 손 아래로 바로 잡혔다. 동창의 발목

께를 걷어차자 놈이 휘청 하고 넘어졌다. 나는 숟가락 손잡이를 아무 곳에나 내리꽂았다. 동창의 눈인지 목인지 허벅지인지 보이지도 않았고 알고 싶지도 않았다. 한 번, 또 한 번, 또 한 번. 비명을 지르는 것은 찔리는 쪽이 아니라 찌르는 쪽이었다. 꿈틀대며 발악하는 동창을 보는 것이 너무 끔찍해 나는 비명을 지를 수밖에 없었다. 동창은 기절도 안 하고 계속 몸을 비틀면서 짐승 소리를 냈다. 나는 무서워서 옥수수 밭으로 뛰어들어 갔다. 옥수숫대를 헤치면서 미친 듯이 달리다 길이 나오는 곳에서 멈춰 섰다. 숨을 고르고 나니 그제야 오른손에 쥐고 있는 숟가락이 보였다. 숟가락에 붙어 있는 것은 밥풀도 국물도 아니고 내 것이 아닌 피였다.

숟가락을 어디에 숨길까를 생각했다. 아무리 생각해도 무언가를 숨기기에 가장 적당한 곳은 역시 땅속이었다. 나는 숟가락을 다시 파묻기 위해 공터가 나올 때까지 걸었다. 도라지 꽃이 우거지고 백일홍 화단이 있고 자귀나무와 그네가 있는 곳. 예전엔 우리 집 옥수수 밭이었던 곳. 나는 그곳에 내가 캔 무기를 다시 묻었다.

땅거미가 지고 있었다. 나는 자귀나무 아래로 걸어가 그 자리에 섰다. 아라리촌과는 기온도 다른 것인지 솜털 같은 자귀 꽃들은 거의 땅에 떨어지고 이파리만 잠이 든 듯 접혀 있었다. 사방이 어둑하고 지등만 환했으니 지금보다 늦은 시간이었을 것이다. 여덟 살 여자아이는 대문 옆 자귀나무 아래에 서 있었다. 여자아이는 여자를 보고 있었다. 여자도 여자아이를 보고 있었다. 여자는 코끝에서 턱 끝까지의 길이가 짧았다. 코 그림자는 입술에, 입술 그림자는 턱에 닿아 있었다. 머리카락 그림자는 이마를 가렸고 두상 그림자는 목을 덮고 있었다. 뺨과 코를 가로지르고 있는 건 자귀나무 이파리의 그림자였다. 여자의 얼굴에 깔린 그림자들이 조금씩 일렁이며 움직였다. 바람에 지등이 흔들리기 때문이었다. 자신이 매일 불을 켜던 지등 아래에서 여자는 자신의 아이를 보고 있었다. 무언가를 호소하는 것도 같고 무언가를 포기한 것도 같은 슬프고 무력한 눈이었다. 그런 눈으로 아이를 보면서 여자가 말했다.

엄마 없어도 살 수 있니.

한두 살만 더 어렸어도 아이는 엄마 없이는 못 산다고

울면서 매달렸을지도 몰랐다. 하지만 아이는 그러지 못했다. 여자의 표정과 목소리와 눈빛이 아이에게 아무것도 할 수 없게 했다. 아이가 그날 밤 본 것은 눈물을 가득 머금고 고개를 끄덕이는 여덟 살 여자아이, 엄마의 눈 속에 있는 자신의 모습이었다.

멀리서 경찰차 사이렌 소리가 들렸다. 나는 그네로 걸어갔다. 옥수수 잎에 베인 자국과 숟가락에서 묻은 피로 몸이 엉망이었다. 늘푸른펜션의 주인집 여자가 두 아이를 껴안고 창가에 서서 나를 내다보았다. 그들은 겁에 질려 있었다. 형인 남자아이만이 내 얼굴과 팔에 그어진 핏금이 궁금하다는 듯 눈을 동그랗게 뜨고 있었다. 내가 그네를 밀어 달라고 하면 아이는 왠지 밀어 줄 것 같았지만 아이 엄마를 공포스럽게 하고 싶진 않았다. 여량4길로 들어섰는지 사이렌 소리는 점점 가까이 다가왔다. 나는 주머니에서 슬로건이 적힌 종이를 꺼내 마구 구긴 뒤 피와 흙을 대충 닦아 냈다. 그러고 나서 그네에 앉았다. 뒤로 그네를 한껏 끈 뒤 발을 띄웠다. 그네는 한없이 미끄러져 올라갔다. 저녁이 온 정선의 들이 발끝에 걸렸다가 다시 미끄러져 내려가고, 다시 미끄러져 올라갔다.

그렇게 흔들거리며 나는 하늘을 올려다보았다. 어딘가에 떠 있을 위성한테 손을 흔들어 주는 것도 잊지 않았다.

“소설은 매일 보던 나무를
다른 방향에서
한 번 더 보게 하는 힘”

최은미

「정선」의 시작점은 무엇이었는가?

구글 어스를 열고 동그란 지구를 보다가 저기서 한 점을 찾아 들어간다면 어디가 될까, 생각하면서 시작됐다. 유적을 발굴할 때 불을 피운 자리인 노지가 없는 곳은 집터로 보지 않는다. 지구에 별처럼 박혀 있을 수많은 집터들 중의 어느 한 집을 생각했다.

「정선」의 마지막 장면을 쓰고, 어떤 느낌이었나?

이 소설을 아주 더운 여름에 썼는데 소설을 끝내고 나서도 여름 벌레 소리 속에 있는 것처럼 얼얼한 기분이 들었다. 소설 속 화자가 남자 동창한테 〈고향 팔아먹을 쌍년〉이라는 욕을 듣는 장면이

나오는데, 다음엔 정말로 고향을 팔아먹는 여자 이야기를 쓰고 싶다는 생각을 했다.

최근에 어떤 화두를 가지고 있나?

매력적인 인물을 그리고 싶다는 생각을 늘 하는데 그 〈매력〉을 이루는 요소나 기준에 대해 많은 생각을 한다. 한 인물의 여러 조건들을 직조해 가는 과정은 나 자신의 한계나 내가 그동안 쌓아 온 편견과 마주하는 과정이기도 해서 그걸 넘어서고 싶다는 생각을 한다.

두 다른 표현물이 하나의 이야기를 그려 냈다. 이야기를 쓸 때 상상했던 이미지와 최지욱의 그림 속 이미지는 어떻게 같고 어떻게 다른가?

붉고 함축적인 이미지들이 〈여름〉, 〈정선〉 같은 단어들과 잘 맞는다는 생각을 했다. 내가 이 소설을 쓰는 동안 갖고 있었던 이미지가 그림으로 환원된다면 이런 형태가 가장 적절하지 않을까 하는 생각이 들었다. 소설이 갖고 있는 일정 정도의 수다스러움을 최지욱의 그림이 단단히 응축해 주는 느낌이었다. 첫 페이지의 자귀꽃 이미지가 주는 분위기가 특히 좋았다.

그림 작품이 계기가 되거나 영감이 된 적이 있는가?

불교 회화를 한참 많이 보던 시기가 있었는데 그 그림들을 모티프로 단편 소설을 쓴 적이 있다. 이 소설에도 어떻게 보면 내가 보아왔던 여러 초상화들이 깔려 있을지 모르겠다. 초상화를 모티프로 한 소설을 언젠가는 본격적으로 써보고 싶다. 인물의 가장 핵심적인 것을 비워 둔 그림이라면 좋겠다.

이야기를 짓는 것이 자신에게 어떤 즐거움을 주는가?

하고 싶은 이야기의 가장 적절한 구조를 찾았을 때가 즐겁다. 찾는 과정이 고통스럽지만.

최은미에게 〈소설〉은 무엇인가?

나를 긍정할 수 있는 가장 좋은 방법.

단편 소설의 장점은 무엇일까?

매일 보던 나무를 다른 방향에서 한 번 더 쳐다보게 해주는 힘.

단편 소설이 장편이 되기도 하나? 최은미에게 장편과 단편은

어떻게 나뉘나?

단편이 점이라면 장편은 곡선처럼 느껴진다. 인물의 표정이 한두 개 떠오르면 단편을 쓰고 인물의 표정 그 이상이 떠오르면 장편을 쓰게 되는 것 같다. 단편을 쓰다가 장편으로 늘려 쓰고 싶었던 적이 많다.

소설을 쓸 수 없는 상황이 닥친다면 어떤 식으로 〈이야기〉에 대한 욕구를 표현할 수 있을까.

소설을 쓸 수 없는 상황이라면 내 몸이 병든 상황일 텐데 그때에도 이야기에 대한 욕구가 있을지 잘 모르겠다. 이야기에 대한 욕구가 생길 정도에서 아픈 거라면 어떻게든 소설을 쓰고 있을 것 같지만 그럼에도 쓸 수 없다면 가장 좋아하는 사람에게 가장 좋아하는 소설을 읽어 달라고 할 것 같다.

이 책을 〈테이크아웃〉한다면 어떤 공간과 시간으로 가지고 가고 싶은지?

산간 지대로 가는 테마 열차에 가지고 가고 싶다. 한여름이었으면 좋겠다.

“땅에 발을 완전히 딛지
못하는 몽롱한 인상,
안개와 우주가 떠올랐다”

최지욱

지금껏 그려 온 그림을 보면 차분한 컬러, 꿈의 한 장면 같은 초현실적인 이미지, 은유적 표현이 많다. 작가로서 무엇을 표현하고 싶은가?

그림의 주제나 목적에 따라 표현하고 싶은 내용은 다르다. 전반적으로는 말을 걸어 오는 그림을 그리려 하는 편이다. 질문일 수도, 의견일 수도, 혼잣말일 수도 있는데 어떻게 하면 시적으로 다가갈 수 있을까 고민한다.

그림의 아이디어는 어디서 어떻게 나오는가?

아이디어의 소재 역시 다양한데, 랜덤으로 보이는 것들에서 영감을 얻는 경우가 많다. 구체적인 아이디어라기보다는 상상하지 못했던 장소, 문장, 색감 등에서 받는 새로운 감상으로 그림의 톤을 가늠해 보는 식이다.

「정선」을 읽고 가장 먼저 떠오른 이미지는?

땅에 발을 완전히 딛지 못하는 몽롱한 인상을 강하게 받아서 안개와 우주가 가장 먼저 떠올랐다. 더 나아가서는 〈감정과 기억의 파편〉이라는 말을 시각화한 몇 가지 구성들을 떠올렸다.

다홍색을 사용했다. 패턴도 아름답게 표현되었다. 이런 효과를 통해 강조하고 싶었던 것이 있었나?

「정선」을 읽는 내내 어두운 꿈을 꾸는 것 같았기 때문에 그 감상을 살리기 위해 그림의 형식을 정하게 되었다. 이미지는 조각 내거나 은유적으로 과장하고, 서늘한 기조를 붉은 톤으로 채색해서 아름다운 동시에 불안한 기분이 드러날 수 있길 바랐다.

글과 그림의 표현 영역이나 그 효과는 다를 텐데, 이 작품으로 그림 매체의 어떤 점이 부각되었다고 생각하는가?

말로 풀어내기 어려운 인상을 〈왠지 알 것 같다〉고 느끼게 해주는 것이 그림의 매력 중 하나라고 생각한다. 이 책에 실린 그림들이 그런 역할을 해준다면 좋을 것 같다.

가장 좋아하는 작업 도구는 무엇이며 그 이유는?

보통 디지털 작업을 선호한다. 마음의 준비가 길게 필요하지 않고 다양한 배치를 시도해 볼 수 있기 때문이다. 그림을 완성해 가는 과정에서 여러 경우의 수를 시도하기 때문에 우연의 효과를 얻기도 유용하고 심리적으로도 제한이 덜하다.

문학 작품을 읽으면서도 영감을 얻는지 궁금하다. 그렇다면 가장 최근에 어떤 작품에서 영감을 얻었는지.

요즘 빌렘 플루서Vilém Flusser의 「몸짓들Gesten: Versuch einer Phänomenologie」을 읽고 있다. 글을 완벽히 이해하기 보다는 저자의 생각의 타래를 따라가는 기분을 즐기고, 그로 인해 생각이 전개되는 일상적인 방식이 변형되는 경험을 한다. 사고의 과정을 낯설게 만들어 새로운 관점을 열어 주는 것으로도 충분히 영감을 얻었다고 말할 수 있을 것 같다.

보통 일러스트레이터에게는 소설의 표지 이미지를 의뢰한다. 본문과 같은 비중으로 이미지를 배치한다는 이야기를 들었을 때 어떤 점이 좋았고, 어떤 점이 걱정스러웠는가?

풍경을 재현하는 방식을 선택하지 않았기 때문에 나의 주관적인 감상이 글의 흐름을 방해하진 않을까 했다. 그림과 글이 시너지를 낼지 모른다는 기대감과, 그림만 혼자 샛길로 튀어가 버리면 어쩌나 하는 우려가 같은 무게였던 것 같다.

가장 좋아하는 단편 소설은 무엇인가?

단편 소설이라고 할 순 없겠지만 롤랑 바르트Roland Barthes의 「사랑의 단상Fragments d'un discours amoureux」을 정말 좋아한다. 단어를 바라보는 방식에 많은 영향을 주었고, 무엇보다 너무도 소설적이고 아름답다.

동서고금 막론하고 같이 일해 보고 싶은 문인이 있다면?

이탈로 칼비노Italo Calvino의 환상적인 소설에 내 그림들을 얹어 볼 수 있지 않을까. 사실 커트 보니것Kurt Vonnegut과 일할 수 있다면 즐거울 것 같은데 유머력이 낮아 계약 해지를 당할 것 같다.

그림을 그릴 수 없는 상황 닥친다면 어떤 식으로 〈그림〉에 대한 욕구를 표현하겠는가?

받아 본 질문 중 제일 재밌다. 사실 그림에 대한 욕구가 그리 강한 편은 아니다. 물론 지금 그림을 그릴 수 있어 행운이긴 하지만 그릴 수 없다 하더라도 다른 방식으로 창작할 수 있다면 만족할 것이다. 꽃다발을 만들 수도 있고, 하루 종일 일기를 쓸 수도 있고, 돌멩이를 주워 늘어놓을 수도 있다.

이 작품을 〈테이크아웃〉한다면 어울릴 시간이나 장소는 어디일까?

혼자 집중할 수 있는 기묘한 분위기의 장소면 좋을 것 같다. 몇 번 밤 산행을 한 적이 있는데 의외로 무섭지 않고 묘하게 달뜬 기억이 있어 문득 이 작품과 어울린다는 생각이 든다. 산까지는 무리일 테니 인적 드문 밤의 산책로면 어떨까 싶다.

최은미

2008년 『현대문학』 신인 추천에 단편 소설 「울고 간다」가 당선되면서 작품 활동을 시작했다. 소설집 『너무 아름다운 꿈』, 『목련정전』과 장편 소설 『아홉번째 파도』가 있다.

최지욱

순수 미술을 전공했다. 은유적인 재현을 선호하고, 일상을 벗어난 것, 초현실적인 것에 매력을 느낀다. 영상, 설치, 퍼포먼스들을 해왔고, 지금은 프리랜스 일러스트레이터로 활동하고 있다.

TAKEOUT 06

정선

글 최은미 **그림** 최지욱 **발행인** 홍유진 **발행처** 미메시스

주소 경기도 파주시 문발로 314 파주출판도시

대표전화 031-955-4400 **팩스** 031-955-4404

홈페이지 www.mimesisart.co.kr **email** info@mimesisart.co.kr

ISBN 979-11-5535-136-9 04810 979-11-5535-130-7 (세트)

발행일 2018년 7월 1일 초판 1쇄

이 도서의 국립중앙도서관 출판예정도서목록(CIP)은 서지정보유통지원시스템 홈페이지 (http://seoji.nl.go.kr)와 국가자료공동목록시스템(http://www.nl.go.kr/kolisnet)에서 이용하실 수 있습니다. (CIP제어번호: CIP2018017429)

이 책은 실로 꿰매어 제본하는 정통적인 사철 방식으로 만들어졌습니다.
사철 방식으로 제본된 책은 오랫동안 보관해도 손상되지 않습니다.

TAKE OUT

테이크아웃은
단편 소설과 일러스트를 함께 소개하는
미메시스의 문학 시리즈입니다.

01 **섬의 애슐리** 정세랑×한예롤

02 **춤추는 사신** 배명훈×노상호

03 **우리집 강아지** 김학찬×권신홍

04 **밤이 아홉이라도** 전석순×훗한나

05 **우리는 사랑했다** 강화길×키미앤일이

06 **정선** 최은미×최지욱

근간 **부산 이후부터** 황현진×신모래

사랑하는 토끼머리에게 오한기×이소냐

뷰티-풀 박민정×유지현

비상문 최진영×변영근

끓인 콩의 도시에서 한유주×오혜진

·
·
·